JN256161

歌集

残照

高畑　耕

鉱脈社

まへがき

八十七歳になり、走りつづけた今までをやっと立ち止まって振り返ってみたく、筆をとる。

戦中、戦後と云ふ、一種の戦国時代に生まれ育ち、戦死にも似た戦後の復興と新時代の建設を同時に生きてきた。その時、新憲法が生まれ、民主主義を手探りしていた自分に明るい指針となってくれた。第一歌集『野牡丹』にも書いたが、戦死者の母の号泣をおふくろの背から見た時、これを理不尽と受け取った。この三つ児の魂が現在までつづいている。軍国体制の中を子供心に「こころよく」思っていなかった。その倍返しに、戦後の国造りは最前線でがむしゃらに働いた。そして、今ぐしゃぐしゃに成った体をいたわり乍ら、感謝し乍ら、こうして生きている。

妻との五十二年間の結婚生活は妻の「ガン死亡」といふ形で終はり、大いにお世話になったその揚句の別れに多大な淋しさを味はった。時代のちがう子供たちとは同居出来ず、子供たちの近くの同じ赤江地区に独居老人として暮らしはじめて、約三年になる。

老境に入り、赤江平野の残照を、その美しさを静かに味はってゐる。

高畑　耕

二〇一五年八月

目次

歌集　残照

装幀　榊　あずさ

歌集　残照

一、新天地

今がいい丸いピンクのままがいいあす開くかもピンクの薔薇が

門川の庭に二人で接ぎ木したあの柿の実を君に手向けし

残されし者の淋しさ君からは救った筈と今は胸を張る

過去などは忘れちまへと思ひ切りバイクが吼える喧噪の中

正月は子等と墓参しどの墓も君のお墓も花供へたり

軒先の短く切るる蜘蛛の糸枯るる紅葉を捕へて遊ぶ

薄ぐもる庭の木陰のあちこちに吾が知らぬ間に水仙の花

おそまきの東九州高速道未来の夢を大地にゑがく
（平成二十六年）

年の瀬のアメ横風情映りゐて溶け合ふ人の埋めつくしゐぬ

電話にて子等に予定を告ぐ筈が少しの酒にそのまま寝たり

掃除機がわれのこぼした薬のむ彼にはただの一粒のゴミ

掃除機を持ち上げしまま傾きて独居老人バランス保つ

柿の木の低き枝より飛び発ちしカラスは吾の杖恐れてか

地図を指す天気予報の棒の先古里辺り気遣ひつみる

仕方なく日記閉づればその下にボールペンあり吾間抜けなり

口に鳴るタクワンの音きき乍ら原風景の古里おもふ

わが話す銃後を守る母たちを吾をもみつつ整体師きく

柔道を終へて戻ればおふくろはブッ掛けうどん吾にくれたり

うす暗き煤煙の中中国はマスク着装生き地獄なり

君に似て子も同じこと吾に言ふ乳酸菌飲料つよくすすむる

ニート等はいつまで親の脛かじる親の背を越しいつまで子供

てげてげは県民性の象徴か真実を避け先々へおくる

今風にくらしを合はせ洗剤の説明をよむメガネを探す

大分へ電話かくれば受話器からお国訛がどくどくつづく

おいしいと君の笑顔の日向夏山もりにして今日のお供へ

ハイこれと君は云ひつつ袋よりフライビーンズを取り出しくれし

娘《こ》の漬くる青いキュウリの漬物を欲しさうに見る君の写真よ

ＴＰＰ憂へる友に又一人書物の中で握手する吾

小春日の風に吹かれて落葉舞ふ春の野芥子《のげし》も黄の花ゆらす

大楠の下のベンチに寝ころびつ風が奏づる春の声きく

井戸端で投げてもらったタクワンのあの味がする宅急便は

小鳥発ちゆらした枝と思ひきや椿の花の飛び降りしごと

門川の家に戻ればどの部屋も君が磨きしそのままなりし

わが家は近所の人に見守られ住む家のごと今もそのまま

ボンボリや花のトンネルくぐりぬけまだまだつづく観音池公園

弁当に花吹雪舞ひ吹きぬくるひととき人も景色も消ゆる

支払ひを一寸待たしてかけ上がりそのまま野球見とれてをりし

ついて出る赤ちゃんかかへ重たさに改めて知る力不足を

酒のみを一番嫌ふ吾なりしましてアル中人間失格

皮のまま味はいをればロいっぱい地どれの枇杷は土地の味せり

病葉《わくらば》は庭の芝生に舞ひ降りて小鳥のやうにせはしく震ふ

道越しの草取る人の身仕度は絣のもんぺの姉さんかぶり

裏庭のとなりの猫に近づけど縁に腹這ひ顎するゑて見る

波状岩広々としたその中へ人影小さく磯遊びしぬ

梅雨入りの風の一声ピュンと鳴りつの字の先を跳ぬるかのごと

雨降れば日頃手抜きの分までも掃除機をかけ水拭きもする

五月晴うす紫の山肌を白き一羽が消ゆまいと飛ぶ

裏庭のベンチの前の埴輪との昔話をわれ語り合ふ

下校する子等唄ひつつ通りゆくやがて夫々道に輝け

裏庭の柿の小粒の青き実に門川の柿思ひつつあるく

「ブータンの霧の峠」を続み終へて思ひ返しをり晴々として

夏と冬立体的に移住するブータン民の生活《くらし》のもやう

ネジ花が芝生の中に一つ咲き指でもち上げ淋しさ語る

戦争の何かは云はず戦死者をたたふる話終戦記念日

改憲をよしと許した多数決その半分は目にする女性

台風のそれたるニュース電線の定位置まもる鳩動かざる

花びらを芝生の上に敷きつめて百日紅よ今日は何の日

こんな時歌を欲しがりラジオ点く雑談多く即オフとしぬ

光源でゆれる造花よくもり日も日の出と共に揺れ始むなり

政府らが黒だと云へば吾も黒メディア会長中立はなし

青空にこころ吸はるる思ひしつ整骨院を杖つきもどる

孫と娘《こ》が出合がしらの驚きはコピーしたごとわれによく似る

筍の硬き部分の味が好き歯に自信あり歯応へも好き

初かつをタタキ半片《ぺら》買ひ来たり角煮づくりに初挑戦す

法要に足腰弱る兄や姉顔合はすなり子供にかへる

この庭はミカンの花の匂ひして真白き花の清々しかり

舟が曳く筏がくぐる眼鏡橋日南たづね広渡川見る

大楠の若葉萌ゆれば何鳥かチラチラ移る枝から枝へ

地場産の枇杷の旨さは素直にて色も形も媚びたりはせぬ

大洋を北へ向かってゆく船を下弦の月は見届けてゐぬ

今朝も又タマゴ落してゴミと消ゆそれ見よ指が立ち竦みゐる

味噌汁に割りしタマゴは指をぬけ殻のみ残り流しに消ゆる

雑踏に若きが腕を絡ませつ浅き平和に背を向けるごと

背を流し髪洗ひくれ爪切りし日曜遅く娘《こ》は帰りたり

娘がくるるマスクメロンを二人して割ってたべたりもて余し気味

開け放つ窓よりきこゆ喧噪が波音に似たリズムをつくる

梅雨空を気にとめ乍ら待ち切れず洗濯をして干してはみしが

黒潮に共に育ちしタレ丸を今朝焼いてくふこれが一番

司会者はわが意を伏せて目で探る集団自衛賛否両論

泌尿器科の医師が指さす顕微鏡ウジョウジョしとるその菌見よと

一粒の抗生物質効き目速し得る安心に明るさ戻る

ミミヅクは子等の声せぬ閉校に一羽戻り来見渡してゐぬ

おふくろが目立たぬ様に葵《あふひ》植ゆ花より芋と云はれし時に

教科書にどう書く腹か賭博法子等には何と説明をする

この裏を日南線が通りをりカタッッコトッォと今通りゆく

裏庭の樹々に囲まれ汽笛なる鳥の声ききブランコを漕ぐ

神奈川の平塚の文字ハッと見て兵にはやさし友思ひたり

久方の五月晴《さつきばれ》の日飛行雲どこまで伸ぶや機も音もなく

七夕の短冊にかく願ひごと世界平和とわれもかきたり

友たちに前後をかたく守られて丸木の橋を竦《すく》みつつ渡る

ニジマスを岸辺で押へ針をぬく狭き岸辺に吐く息荒し

糸が張り竿がしなりて釣り上ぐる跳ぬるニジマス宙を舞ひたり

霧島の山を見守る狭野神社大古の杉が歴史をかたる

友たちと高原町を行楽す穏かなりし霧島盆地

高原の田園地帯道沿ひに牧草の玉輝き並ぶ

取入れを終ゆる盆地を隊をなしツーリングバイク整然とゆく

腹筋に力をこめて足早に杖を引きつつ道路横断す

この平和この穏やかな田園を九条護り世代越したし

二、残照

裸木に取囲まれし庭先のブランコを漕ぐ残照の中

秋深み木守《まもり》柿に夕日映ゆ淋しき色の重なり合ひし

左十五右が二十の握力でタクワン切れば血に染まるなり

吾よりも君の想ひの強かりし孫娘《まご》の結納今報告す

雨上がり庭の落葉の黒ずみて秋の足跡残されてゐぬ

冬近く北国の山色づくとニュースを見ては心かまへる

文化の日保母の親子はピアノ弾く園児の歌に夢中となりて

今日孫の結納の儀ととのひし育てし自負に一人胸張る

株大根娘《こ》は買ひ求め輪切りして君がせしごと漬込みしなり

デパートの北海道展に親娘ゆき芋カリントとスルメをくるる

文化の日回転寿子に孫娘《まご》とゆき粗煮《あらに》粗汁《あらじる》手づかみで喰ふ

楽天が日本一に輝きぬ山は紅葉に衣更へしぬ

荒草《あらくさ》の日蔭にのぞく石蕗《つわぶき》は蕾が多くまだ花一つ

栴檀の落葉は丸く筒をなし風吹く時は音立てて寄る

千切れ雲木守の柿の上を越え赤江の海の真近にて消ゆ

日溜りに子等かたまりてじゃんけんすやがて家かげにかけ込みて消ゆ

バス停のバナナは熟れて稷り込まれ後の一房まだ色青し

一人居の魔の淋しさに苛まれ出て来た筈の孫に電話す
（同居をせぬと出た吾なれど）

古里の宅急便を開きつつ山や畑や海など思ふ

茅葺きの店に似合ひの女《ひと》のをりタスキ姿の振舞のよさ

吊橋の中ほどを占め黒猫は客に鋭き視線を注ぐ
（綾町にて）

店内の囲炉裏にかかる自在鉤炭火焼した鮎旨かりし

山遠き綾の田んぼは広々と穫入れあとの空高きなり

急流の谷底跨ぐ吊橋は飛沫《しぶき》逆巻く轟音の上

グローバルと今更聞けば真逆にて顰蹙《ひんしゅく》を買ふ言葉にきこゆ

綾で喰ふ鮎の話をわれはいふバイタルチェックわが十五分

地図に見るサイパン島やルソン島ミンダナオ島みな激戦地

地図を見つ平和な国の歴史知る外人が来て日本救ふや

古里の餅を一人で焼きをれば海山思ひ過去とつながる

子等が来て暮れの掃除をしてくるるポインセチアを飾りて帰る

石塀に泥を小積みて葵《あふひ》挿す戦時に母は花育てゐし

おふくろは末の娘に抱《いだ》かれて食事なかばに黄泉《よみ》に旅だつ

入り口の植栽の木の赤き葉が外から戻るこころ温むる

日中の首脳同士の物言はぬ目も見合はさぬ握手長かり

不自由な手では届かぬ歯みがきを電動ブラシ医師すすめくる

白菜の四ツ割り一つ買ひにけり指で調理が自在なりしに

前髪を垂《た》らすヤングのいちいちをとがめる吾を心が笑ふ

この頃は牛だけでなく男までも耳環がひかる一人苦笑す

昼めしのバランスのこと争ひて娘《こ》は折れたらし今日やさしかり

昼めしを自分で作るわがままを見かねて友は野菜エキスくるる

骨入りのサケ缶友がくるるなり食事バランス考へてなり

買物もあれもこれもと買ひすぎて重たかりけり休みつつかへる

テレビにて見ることもある女装する日本男子お荷物に見ゆ

投票の長い後尾に子とならび腰をさすりつつ少しづつ詰む

冬陽差す素焼の鉢に花垂るるカニサボテンの二つの花が

投票の比例区に書く党名をバカ丁寧に間違へて書く

経済が行きづまる時成長を津々浦々にくまなくと云ふ

焼肉のその大きさに驚きし無味なることに又驚きぬ

農協の中央会の解体に内外の声愈々高し

弟子とりは十四十五が限界と大工棟梁言ひ放ちたり

老人の妄言組が選挙では消えて無くなり胸なでおろす

柚子もらひ柚子風呂にして浸りけりゆずの香りの浴槽に充つ

国民がマネーゲームを選びしは改憲よりも尚更こはし

政権を二度投げ出して三度目は選んだ人の責任とする

究極は世界平和を願ふなり未来思考に道二つなし

従属を臆面もなく云ふ輩《やから》九条捨てて何を望むや

改憲や集団自衛伏せて置き勝てば当然うそぶくつもり

答弁は問はるるほどにこたふのみ一つ一つを浅く浅くに

兄からの歳暮のお礼ハガキにてご無沙汰長く書くこと多し

医者のこと手続きなどを娘《こ》に頼み本人故に心配もしぬ

子のくるカレンダー貼る知らぬ地のこの町に住み見知らぬ店の

気ぶくれてブランコ迄と杖をつき運動に出る短き距離に

日本が過密人口の時代あり移民侵略戦争となる

日本がこの先生きる方策は地産地消と平和貢献

国産の表示を探しみそを買ふ安心をしてたのしく生きる

個食には四ヶつながる豆腐あり常温保存のダンゴ汁あり

選挙中雇用成長叫びゆくこれしかないとマネーゲームす

車あげ不自由を知る老後なり困る買物重き買物

グローバルが古く聞えてほっとしぬ形を変へた侵略に似て

棄権者に選べる党が無いといふ憲法に添ふわが心問へ

憲法を非とする党も二三あり是とする党に非と組む党も

あの凄き壊滅的な敗戦に飽き足りもせぬ集団のあり

円安の日本を狙ふ外人ら爆買ひといふ買ひ方をなす

夫々が夫々にもつ価値観ぞ吾は云ふまい人の価値観を

年賀状一人一人に添へ書きす長ご無沙汰の罪滅ぼしに

売らしては違法ドラッグ取り締るいたちごっこに思へるがなぜ

この頃の違法ドラッグその事故は頻発すなり所かまはず

日本の人口減の現象は四十年に一千万とか

日米の憲法のどこ重なるや同盟結ぶその理由《わけ》は何

公民に公序良俗いつ誰が教へてくるる親か学校か

公民は公序の中に生きてゐぬ違反許しては秩序は立たぬ

国中に揚水発電稼働せば環境問題解決すなり

この国の豊かな水は無公害の電力になり大資源なり

大声で背を流しつつ娘《こ》の云ふは吾の食事のバランスのこと

国民の汗と油の賜物を己が作りしごとくに云ふが

魚より二倍大きな声を上げカメラ構ゆるその時ばかり

選挙中不況の中に百万人雇用したとか付け焼刃《やいば》云ふ

昭和初期女性蔑視を知る吾は女性オシャレの今がうれしい

歳末の第九を歌ふ延岡に大分も来る熊本からも

犬そりのレースの餌を斧で切る一週間のレース一体となる

犬そりのレース途中の犬たちをマッサージする髭面凍る

寒かりて暖房中に立ち上がり足ふみをして運動したり

笑顔から人が和めばうれしかり智恵はたらかせ笑顔は生まる

油断して映画見をればあやしかり猫とカツオ節の関係となる

娘一人年末掃除してくるるひるめしをぬき急ぎ帰りし

古里の宅急便を妹が毎年のごと送りてくるる

今やっと我まま云へる吾がある軽量掃除機直販で買ふ

あの日から七十年を迎ふなり終戦どころか挑戦誓ふ

少子化は誰が望みて手を貸した銀行支配日本全土に

オートメ化雇用不要を作り出し少子化といふ世界が生まる

三、ペンネーム

退屈をたのしさに変へペンネーム耕と云ふ字を思ひつきたり

立ち上がる誓ひを立てて七十年誓ひ通りに貫きしなり

振り返る七十年は川のごと只一筋の人生なりし

包丁を取り上げられてその代り果物ナイフ娘《こ》はくるるなり

右手でもつ果物ナイフで右手切る処置する医師もわからぬといふ

キャベツなど千切って使ふくせとなり果物ナイフ使はずにすむ

毎日の自炊を吾はたのしみてアイデアのめしアイデアの汁

不満ごと書き並べみて読み返し一人吹き出し馬鹿笑ひする

シャワー浴び血行不良の手や腕が温き間は自由にうごく

デンマーク家畜を守る法律にストレスの事厳しいといふ

パリーにてイスラムのテロまきおこり一月八日死者続出す

豪雪が日本を覆ひ高知でもニュースになりて銀世界なり

着ぶくれて外から戻る足もとに水仙の花凛として咲く

お飾りの鏡開きを娘《こ》らの来てレンジを使ひ上手に割りし

ことごとく短気は損気道を閉ず大吉のわれ試さるる年

このペンはお年玉とて子のくるる握りが太く書きやすきなり

成人の日は娘《こ》の電話差入れにコロッケ作り届けるといふ

門川の八朔みかん娘らくるる君に供へつ報告すなり

由緒ある一ツ葉にある神社にて友と初詣す共に大吉

二人共大吉なりて木に結ぶ楽しき年に誓ひをたてし

テレビ消し目を閉ぢ思ふこの世相心穏かにして試練と思ふ

何事も試練と見れば楽しかり水仙の花凛々しかりけり

浮雲はほどよく散りて不動なり年頭の町見極めるごと

豆鰺の輝きにほれ薄塩しそのまま焼けば野趣豊かなり

ペンを置き窓越しの空見上ぐれば黄昏《たそがれ》どきは茜雲なり

湖底干し姿現す田代橋喧嘩《けんか》唄村《うたむら》原風景が
（大分県宇目村北川ダム修理中の新聞写真を見て）

昨日には断り云ひしぜんざいを今日は無いかと鍋下げてゆく

もの云はぬ森羅万象おだやかに平和を願ふ目をとぢ思ふ

日本中ビルに埋まりて淋しかり過密砂漠化蟻地獄なり

東京のヘイトのデモは許せない身勝手な過去歴史も知らず

スローガンに朝鮮人は死ね帰れ形相変へてする事か否か

豆鰺を今日も買ひ来て塩煮して野性の味を友と食べたり

わが作るその手料理は地産にて防腐剤なくなほ旨かりし

農民よ今立ち上がれこの時ぞ搾取がひどく長かった故

久々に姿現す尾鈴山うす紫の裾野ひろがる

北の戸を開けて探せど尾鈴山雲にかくれてその姿なし

農協の中央会が解体に反対なりし七十八億円ありて

娘《こ》がくるるそのタクワンは切りくれし帰った後で開いてわかる

見た目にはわが欲しかりし鰺フライがっかりしたり衣の厚く

しなやかな鮨職人《すししょくにん》の指やさしネタの部位との違ひを握る

一ミリの部位の違ひの味をいふ話と指の止まることなし

烏賊缶と蓋を開くれば間違へて鮭缶なりし大根とたく

大相撲もスポーツなればそれらしくスポーツマンシップ仕切りに見えぬ

５号とも６号用紙とも聞きもせず５号と決めて後であやまる

本人の吾を遮り娘《こ》がすすめ６号用紙とりかへに行く

娘の未熟話の前後言はぬまま早とちりして落ちつきのなし

「もの言ひ」後さばきが終り勝名乗り初白星に太き息吐く

人質のニュースの裏の番組は大笑ひするおやぢら群れる

付き人に下《さが》りを渡す勝ち力士花道で見るこぼるる笑顔

日南の駅のホームの早咲きのピンクの桜若々しかり

梅の花あちこちに咲きうはさするこの二三日温き日つづく

山際が黄昏れはじめ山かげり街の灯火《ともしび》ポツポツ点る

娘《こ》のおでんその大根の分厚さは見たこともなき超厚なりし

綾町は野焼きの煙立ちのぼり土手のあちこち火の手の上がる

欲しかりし切干し大根綾で買ふ切干し大根それは手作り

イスラムに人質として捉へられ日本人二人殺さるるなり

子供らと一日遊びたのしかり綾の地鶏の炭火焼買ふ

救出は全身全霊などと言ひ口先だけにとどまりしなり

人の為に成る仕事とは広告の求人欄にその答へあり

本物は偽物からは生れない本物は口先だけでも生れない

個人は質素社会は豊か土光トシヱさん子に教へたり

若い時の仕事の量をそのままに絵の友嘆く今の電話は

毎日が初体験なり足も腰も不自由な個所減ることはなし

御歳が米寿となりし都々子さん極まる唄に言葉失せたり
（菅原都々子さん）

口先で世が回るならそれで良し汗する国は生き残る筈

娘《こ》が来てはシジミ汁炊き旨かりし吾はそこまでした事はなし

綾に来て無農薬なる人参のジュース頂く天然の味

大風は春を迎ふるものなのか雲は飛ばされ道の旗倒る

今までの七十年と変らぬと言ふことが違ふ軍備増《ふや》しつ

ドイツ首相中国外相夫々が日本政府に平和呼びかく

無農薬の農産物の味にふれ真心にふるる山の売場で

漱石の「草枕」よみついて行く百年前の原風景を

食べものの表示の中に国産の文字を見る迄安心出来ぬ

新婚の旅から戻る孫が来て肩もみしつつみやげ話す

漱石の草枕には「銚子の浜をつたひ歩く」とかいてありたり

曲り角風に煽られふらつきて恵方巻など買ひ戻るとき

動物も掟の中で生きてをり掟破りはそれ以下のもの

この国にわが愛情もまざりゐぬこれから先も変らぬままぞ

融通の利かぬ世間は味気なく機智などはさむゆとりさへなし

鶏が店の菓子棚飛びこして漱石の書く峠の茶屋は

友に言ふだって長生きしなくては困りのものが淋しがるだろ

治療日は凍てつく様な北風を歯をくいしばり真向ひつゆく

豪雪の今年の日本見るたびにこの南国の赤江に感謝

置場なく高汚染水海に棄つ水で薄めて基準に合せ

国分市はシャッター閉めは見当らず霧島山と桜島ありて

娘《こ》に聞けばわれの誕生祝ふ日は彼等の都合先づ優先と

綾町の旧正月のイベントに「参加申込み」娘はしたといふ

自炊人物の鮮度を見極めて仕入れる時の勉強をつむ

ゐろり端でわれも輪になり聞くごとく漱石の本の中に埋れり

大吉のおみくじを当て道々に大吉らしき年を誓ゐぬ

主婦たちはフラの教室通ひつつ心ひらきて素顔をみがく

娘《こ》が作りオデンかかへて吾にくるその味少し友にあげたり

娘のくれし焼いものこと思ひ出し夜食にそれをとり出してくふ

羊羹の銀紙外して友がくる吾の手の傷を思ひし友は

北海道東海道とその次は九海道とわれは呼びたし

三人の夕食時はめいめいが話に話混り合ふなり

夕食後朝の味噌汁の準備して朝は火点すだけにしてねる

「Gちゃん」と麻実の電話は云ったままGの話を聞くくせのあり

綾は今どこも野焼の真最中昔も今も変りはしない

また麻実が「無音に近い」電話くる深いいのちのつながり思ふ

列島は凍りつくのにここだけは十三度あり感謝感謝か

四、戦後七十年

娘《こ》や孫にみやげをもらひこの部屋は賑ぎ賑ぎしかりお供へ物で

若き時皆と作りし市場より総会通知に委任状出す（第四十三回総会）

あの頃は戦国時代と思はれし「親たちは生き」父の日に偲ぶ

山国の道の駅にて買ふあられ国産とあり住所氏名あり

この前の村山談話を訊かる時歯切れの悪し安倍総理なり

国民の命とくらし守らんと軍拡はじむ五兆の予算

国民の多くが望む平和とは村山談話全面支持ぞ

平和とは殺し合ひするものでなくその戦争は終ったばかり

汁の具を切りつつ見ればもつナイフくにゃくにゃとして不安定なり

壊すとか殺し合ふとか戦争は平和を砕く愚人の仕業

墓参して帰りの道を逆走しキップを貰ひ献金したり

朝めしの段取ばかり思ひゐてばんめしの事忘れてをりし

娘《こ》と二人花をかかへて墓参する遺影の前で有難う言ふ

あの時は君はやさしく「姉に添ひ」助けて貰ひうれしかりたり

シンプルに平和と聞かれためらはず誠心誠意つくすと答ふ

予算には兵器拡大含みゐて積極的な平和だと言ふ

麻実たちにグアムのみやげと貰ひしは魔除の神か顔厳しかり

孫たちがくるる鞄は多機能の新型なればやや面映ゆし

久々の姉への手紙近況と墓参の様子書きつらねたり

娘たち八十七のお祝ひに靴くるるなり孫と連れだち

呆れるネ農協改革わからぬと野党幹部の勉強不足

ブリキ缶ガンガラガンと吼ゆるなり中空なれば良くひびくとね

（漱石「草枕」の一節）

掌の血色が良くここちよし今日は春めき街暖かし

札幌のススキノときあの時の君思ひ出す時計台など

道端の鉢に突き差す風車この春風にゆるゆる廻る

ふる里の夕刊紙から日替りの町の息吹きをよろこびてをり

休日に娘《こ》の来てくれて銀行や買ひ物などへかけまわりくる

髪面を娘に指摘され反省す親のつつしみ促がさるなり

綿菓子がそのまま空に飛びしごと白き浮雲輝きてゐぬ

ボケの花三寒四温のこの時に真紅に咲きて真心をみる

息荒く静まるを待ち診察す酸素上らぬバイタリチェック

つみれ汁娘《こ》のくれてまだ温し吾思ひくるるこころそのまま

節分もお雛祭も祝ふごと紅梅の花いよいよ盛り

沖縄を保守化したのは誰あらう沖縄人ぞ今更何を
本土人が沖縄県を見捨たと沖縄人が選んだ道ぞ
あれ程の生き地獄をばくぐり来て再び保守を何故選びしや

ラジオならコマーシャルなどなからうとスイッチオンして夢破らるる

生業《なりはひ》を奪はれし国立ち上がるグローバルなる侵略に遭ひ

タレントのカメラの前の馬鹿わらひそれも仕事か見て冷めるなり

過去形の昔話を飾り立てくり返し言ふを耐へて聞くなり

目をとぢて振り払ふごと首をふる兵器売り込む話は合はず

大楠が吹き降ろす風ほどの良くブランコにゆれいやさるるなり

失業の若者たちがイスラムの呼びかけにあひ応募者多し

戦争の段取りしつつ平和いふ今迄通り変らぬと云ふ

新婚の麻実の電話はバースデーのおめでたうなりいつも通りの

健太からGちゃん今日はおめでたうと遠く滋賀から毎年のごと

八十七のバースデーにと一人来て赤飯かかへ娘《こ》の祝ひくる

釜飯に初挑戦し失敗し友にもやれず一人たべたり

千切りとちりめんじゃこを釜飯に戦中戦後の飯によく似る

侵略をグローバルだと言葉かへ北の日米半世紀すぐ

敗戦のあの年われは志願せり自分の命すでに捨てゐし

目を閉ぢて八十七年思ひみる新憲法は大きかりしと

わが過去の生きし証はわが建てし一ッ瀬市場一つだけなり

キャベツ半個むしりむしりて鍋に入れわが大好きなタマゴとぢつくる

嘘つきと法螺吹きの癖《くせ》多弁なり誠実な人口数のなし

米二キロカバンに入れて帰り道腰を据ゑたく見廻しつつ帰る

路地裏にみどりが繁る菜園はグリーンピースが腰高に伸ぶ

イスラムの兵の銃機の供給はどこかの国の製造なるや

日本は本格的に基地つくる無人島にも砲台据ゑぬ

隣国と平和を語るふりもせず世界平和とは上すべりなり

携帯は未青年者に凶器なり単機能のみ許されてよし

転校や不登校など重なりてましてて怪我まで揃へばいじめ

休日に娘の来てくれて食事とか遅くなる迄手伝ひくるる

訪日のウイリアム王子たのしさうに子供らたちと笑顔絶やさず

今の世に兵器を作り売ると云ふ時代錯覚覚醒のぞむ

グループでイルカが唄ふ歌を聞く「窓の外は雨」心をいやす

サックスを父親吹きてコラボするイルカが唄ひやさしさ流る

憲法を懸命に生きてこの先も未来永劫変ることなし

雛節句庭に遊べば縁側は春陽の差して話はずみぬ

搗き餅のキングサイズに呆れたり妹からの宅急便は

不眠症を口に言ひつつ妹は固くしばりて宅急便くるる

ただ一人古里まもる妹は八十を過ぎまだ餅くるる

この頃の安倍政権目に見えて戦争準備際立ちてくる

餅をやき高菜漬かみ茶をすする古里おもひ誇りに思ひ

真夜中にトイレに立ちて眼鏡かけ気管支拡張剤丁寧に貼る

妹の作ってくれしひじき等めしにふりかけ黒めしを喰ふ

驚きしロックを歌う映像が流れてゐたりこの時代背景に

混まぬ間を計ひ乍ら買物す銭《つり》はバッグに財布替りの

歯みがきと歯間ブラシと五穀米竹輪などなど今日の買物

仕分した段ボールとかプラ類を資源置場に今日かかへゆく

日曜はいつも通りに娘《こども》から食事に安否気配り電話

三階のわれの電話のその先は四階の友餅はいらんかネ

門川の帰りに買った天然のブリのブロック孫もよろこぶ

一周も二周も遅るるランナーの先頭気分これは敵はぬ

海藻のからみつきしをかき分けて潜る海消ゆ磯焼《いそやけ》すなり

海山に遊ぶ幼き頃思ふ波とたはむれ育まれたり

原油安今の日本に幸ひす苦境の今の救世主なるぞ

延岡は吾を育てし古里ぞ風の便りを夕刊に聞く

大分も吾が生れし古里ぞ便り丸ごと宅急便ぞ

全体と全面的とは同じこと全体的とは大違ひなり

家族らと西都原にて花見する花は二分咲き人は満席

あいまいな言葉にすでに現るる誠意示せばことば濁らず

古里の海山の幸いただけばよみがえるなりたましひまでも

外相ら村山談話気にかかる全面的にと云はぬ所が

返送の手紙に二円切手貼り苦笑ひしつつポストに入れぬ

人の痛み百年でも待つ友だちを笑ひつつ友を唯なげくなり

餅米を一〇〇パーセントと太き文字国産の文字見当らぬ筈

古釘の曲った様なわれの文字かけるだけましかけぬと困る

延岡の友の電話がかかり来て老先き憂ひげらげら笑ふ

五、茶碗が笑ふ

洗ひ場で分厚い茶碗取り落し吾が笑へば茶碗も笑ふ

麻実からの電話どこから実家から道草くひつ「クスリ呑め」と言ふ

麻実と友イルカ島にも行ったとふ岬の裏が爺の古里

世界中平和を望む国ばかり武器を売る国以外の国は

佐伯鯵その丸干をかるく焼き叩いてくへば喉の錆落つ

筍の硬い所と里芋を煮付けてみれば大当りなり

山際も雲一つなく日本晴ほっと一息テロも騒がず

糠漬の新タクワンを買って来て口いっぱいの一切れを喰ふ

人は人わが旨きものは鰺丸や里いもであり硬き筍

指先で軽き茶碗が踊ってる落とさむとして指が集まる

山際に桜色した雲のあり棚引き居れば満開に似ぬ

ペン軸にテープ巻きつけ握る時握りが合へばよき文字生まる

墓地辿るふらつく吾の背を支ふ麻実の加減の腕やさしかり

兄と吾は子や孫たちに支へられ笑顔の墓参今年も終ゆる

足用のマッサージ機で足を揉み裏返しては手や腕をもむ

アメリカと世界平和を唱へつつ軍事費予算五兆円盛る

子は町へ残る妹は八十二歳独りとなりて先祖守るか

妹も独り暮しの八十二宅急便は止めてと頼む

ふる里の妹が嘆く不眠症老いて独りで家は守れぬ

妹は超高齢者八十二自立がすべてゆっくりしなよ

先生の別れのことば「毎日がたのしかった」と涙のわかれ
（延岡島の浦にて）

娘《こ》の家に安静の為一泊す前立腺の治療を終えて

明けて今朝医師に結果を報告す普通のくらしに戻して良しと

花見どき車社会に車なく僻み心でニュースをば見る

桜餅友に貰ひてたけなはの春を丸ごと一口にする

路地を漕ぐ一輪車乗りの子供らが春休みだとわれに答ふる

妥協をと争《あらが》ひし娘《こ》が読む本に「断る勇気」のタイトルの見ゆ

薄生地のシャツに着替へて反対に花冷えのしてくしゃみ連発

季節風何を怒りて吠えまくる政治不満を耐へぬと云ふか

候補者はわが名前のみ連呼して世情の不満訴へもせぬ

市議選の世情も知らぬ候補者に義理立てをする必要もなし

娘《こ》のくるる野菜スープの蓋あかず友に電話でおねがひをする

朝食のみそ汁の出来期待する今朝も上々旨かりしなり

梨を買ふ娘《こ》は皮をむき六ッ割す食べやすくして帰りて行きぬ

筍やグリーンピースや初鰹花萌ゆる時旬にあづかる

子供らとドライブに行き杖を置き背を支へられ車を降りる

眠られぬ妹に手紙書き直す田舎暮しはむづかしき故

広がりし洗濯岩をよく見ると磯遊び人三三五五に

帰り道旧道を縫ひ海に出で青島を行く久々なりし

今朝不調タマゴ落とすは指は切る朝の食事を作りをる時

筍の硬きところは力入れ近くを握るその時に切る

この寒さ衣替へしてその直後鼻水は出る暖房入るる

ベランダのスリッパ一つ裏返る曇り時々晴を予感す

空を見てそれからわれは洗濯す失敗すればそれはそれでよし

思ひ切りの良くない空ぞ青空と薄白雲と相半《あひなかば》しぬ

寒い日は背にホッカイロ貼りつけて腰にベルトし治療に通ふ

電辞にてひくにひけない読めぬ字に吾は手こずり声なく笑ふ

世に溢る大学院は出たけれど高学歴のフリーターとか

テレビにて千住真理子のバイオリン胸深く聞く極上の音を

復興に骨砕くまで突走り悔ゆることなし今ここに老ゆ

裸木の梢の先にかすかにも若葉がのぞき空を彩る

夜中より左の腕がまだ痛み沈む心をツバメが見舞ふ

歯磨きを終へて戻ればコマーシャルの二人の男まだつづけをり

好景気津津浦浦に広げると顔色変へず大ボラを吹く

ハッタリの軍国主義の再発か大国のあとひざまづきしが

安倍談話鎧丸見え衣《きぬ》の下村山談話をまとひはすれど

安倍政治へッピリ腰の構へなり大コーチのサイン見逃さぬため

暖い筈の天気にだまされて薄着まとひてホッカイロ貼る

春めぐりこさん竹といふ筍の出番となりていただきにけり

待ち切れずひるみそ汁でいただきぬこさん竹もらひうれしくなりて

日曜日新家族なる孫たちをわれが誘ひてすしやへとゆく

烏賊飯を友にも上げるつもりして多目に炊くに失敗したり

左手が肩から痛み真夜中に肩腕首とサロンパス貼る

二十二日は月はちがふが誕生日今日から秋はブランコの季節

本物と偽物の差は歴然ぞ過去と云ふものあるかなしかで

洗濯に絶好日なれど量がなく寝具類などかき集めたり

突然に現るる娘《こ》は作ったとキビナゴ煮つけジュースなどくる

幼頃スズメは熟るる米にむれ今はスズメもヒバリも見らぬ

買って来たシメサバの味気に入らず残飯の中へ直行したり

習主席目は合はさずに握手しぬ日本の時はいつもさうなり

大楠の待つ裏庭が吾は好きベンチがありてブランコがある

愚直なる過去から学ぶ吾ありて明日を言ふ時動かぬ力

過去と言ふ深き歴史の根をつたひ今を生きをり明日を語る

へつらひて生きるつもりは更になし関りのなき生き方こそを

門川はうす紅の芍薬が大輪十五われらを迎ふ

門川は海の町ゆゑ幸多し山海珍味活きいきなりし

わが家は柿やみかんの花や実がほど良くつきて穏かなりし

（門川の家）

高速はほどよく流れ海近き十号線の淋しかりけり

門川の家の手入日会計はお父さんもちでいいかとねだる

穏かな日々のくらしは尊しや汗する事でそれは得るもの

われわれの専門家らの間では今朝蹴る下駄は裏つまり雨

Uターン手ぶら人間云ふことにや楽でたのしい仕事なきかと

安倍さんが米両院で何を云ふ思ひつくまま大法螺吹くや

戦争は反対と云ひ手を上げて改憲云へば又手を上ぐる

（フラつく日本人）

掃除機の小さき方で掃除かけごみ少しとりすっきりしたり

憲法や村山談話思ひつつ手探りながら七十年たつ

国民の不支持の声はつたへずにアメリカに行き追随誓ふ

中国で四五日前に云ふことをアメリカ向けの話不一致

根なし草思ひつくまま発言す裏づけのなき世界平和も

全方位世界平和を云ふ時ぞ二国間強化は対立構図

雨の日も食事の準備片づけとわれの日課はやさしさのなし

ベランダを台風あとに片づけし前より今は美しきなり

戦中は流言飛語と咎められ風評被害似たる気がしぬ

友の云ふ大楠の下濃密な酸素がたまる吾に行けと云ふ

押ピンはささることなくさす吾が壁から離るこの力もち

様変り月月火水木金金土日連休日本大移動

目ぐすりを取りに行く為立ち上がり冷蔵庫あけタクワンを喰ふ
（目ぐすりを冷蔵庫に保管）

この頃は物売りテレビばかりなり消して省エネ節電もよし

この笑ひ噛み殺しつつ歌を詠む一人住いの特典なるや

六、道半ば

わが願ふ平和の道は半ばなり七十年の実績うれし

庭芝の中に小さき花が咲き娘《こ》は吾に云ふそのなりゆきを

娘《こ》の家《うち》を連休を終へ戻り来るわづかなみやげ友に渡しつ

対立を煽り乍らの発言は世界平和を声高に云ふ

隣国にソッポ向かれて云ふ事にやアメリカに行き世界の平和を

取り落し茶碗砕けりわが家には割るる茶碗は一つもあらず

子供の日立夏の節と重なりて夏日の町の子ら水遊び

整骨院連休明けのわが予約十一時四十五分をＯＫしたり

冷や汁の素を買い来てキウリ入れ旨かりしなりこの朝めしは

ブランコを漕ぎつつ居れば踏切の警報が鳴り列車行き過ぐ

景気良き津津浦浦のあの話忘るる頃ぞ実現はいつ

あきらかに戦争準備復活へ目の色を変ふる与党の動き

大男小娘みたい仕草して前髪垂らしベスト草色

旬のもの頭に並べたのしかり鮎も伊勢エビも塩焼きが良し

内外の不安かき立てをき乍ら日米安保強化を叫ぶ

庭に出で楠の空気を貰ひ吸ふ枝の隙間の夏空青し

台風が一つ過ぎ行き道端の額紫陽花の色うすかりし

台風の6号避けし鳴鳥か手摺に二つ糞残し発つ

十五分の朝ドラネタに三十分ＮＨＫのこれも番組

絵の友の寄せ書き届き電話しぬ叙勲にましてうれしいと告ぐ

早朝にシャワーを浴びて全身をマッサージしつつ心とととのふ

お礼にとウナギを友に贈りしに驚きつつも友よろこびぬ

日米強化後方支援の改正をあいまいに云ふ各派代表

裏庭の枇杷の実をとり頬ばるに小粒の中に野性味つまる

下積みの過去を重んじその先を築くべきなり平和云ふとき

庭の隅の小粒の枇杷を友は捥ぎ口を拭きつつ美味しさ告ぐる

芍薬のうす紅の花開く次から次と咲きつづくなり

戦争に前も後もあるものか無差別攻撃それが戦争

うすぐもる初夏の夜明けの栴檀よ今目覚めしか枝そよぎ初む

妹が墓参に昨日来てくれて四人兄弟肩叩き合ふ

会館の中の墓参に驚きし一安心と妹は云ふ

末ッ妹《こ》が八十となる兄弟は互を庇ふ再会なりし

妹は高速づたいに帰りたり墓参のせいか睡しと云ひつ

戦争の定義とは何重ね云ふ後方支援定義のありや

国連を優先すべし憲法は守らるる筈守るべきもの

米軍は国連軍に非ざれば一歩置くべし盲従を避け

喧噪を避けて野末のうどん屋で友と食べたしたのしき昼餉

穏やかな初夏の日曜新しき空気吸ふ為森を訪ぬる

活着の青田のぞくに水面には水すましかも細き輪うまる

ほんたうの手打ちうどんが食べたくて友誘いしにコシなきうどん

この政府兵器を作り販売の先棒担ぎ平和口にす

七十年われらが汗し得し平和誰も望まぬ改憲すすむ

朝食の最後に久須を突き倒す又かと拭きつ気を取り直す

朝ドラの「まれ」の時間を吾はオフ汗して建てたこの国なれば

大阪都構想市民はこれに反対す維新なる語の古き匂ひに

冷凍庫片付けをればおみやげの冷凍団子の塊の出づ
（古里宅急便のもの）

朝めしは餅粟少し加へ入れ卵味噌汁タクワンが好き

クーラーのリモコン洗ひ買ひ替ふるまさかと思ひ洗ひものみる

牧水の尾鈴の子等の朗詠に俵万智泣き夕刊が告ぐ

原発はクリーンにして安全と風評被害を笑ふ声あり

のんびりとくもりの日なれど洗濯す汚れ物ため着るもののなく

国産の文字を探してみそをかふ遺伝子組換へに臆病なわれ

干上がりし大地に池を百も掘りインドの米は作らるるらし

新聞のこの切ぬきは誇らしく危険を救ふ古里びと等

女性らは裸に近きなりをして男は夏に重ね着なりし

侵略の定義云云ならば聞く後方支援聖域なるや

（二〇一五年五月二十二日）

延長にホームラン打ちサヨナラすボトルの水が待ちかまふなり

民主主義築き上げれば隙を見てのさばる輩汗すらかかず

伴奏のバイオリンの音泣くごとく神田川ききつ吾シビレタリ

延岡の鮎の時くる塩焼を丸かじりするわれをば思ふ

あすの陽はあしたの為に上るやら吾はあしたに道つなぐため

政治屋が真白き手をし汗もせず後先《あとさき》もなく世界平和云ふ

今朝三時地震がありて七時すぎ佐伯ときさて電話をしたり

楠下のブランコゆらしつ友と喰ふ北海道の枝豆旨し

ドリンクの計量カップ持つ指はしびれて居れば空力入る

頸椎に触らぬ様に枕かへ今朝の痛《いた》みは少なくて良し

定義なき後方支援声高に聖域のごと国会にいふ

日本のアメリカ寄りの発言に平和の下の鎧ちらつく

限界を弁《わきま》へる事知らざればブレーキの無き車に等し

浅蜊汁蜆に勝り旨かりし予報夏日の朝すがすがしり

南《みんなみ》の一番奥の高き峯そのふところにわれ抱《いだ》かるる

戦争も歴史も知らぬ人の言ふ後方支援戦地に非ず

指を切り一針縫へば左手で米を研いだり後片づけも

アメリカは戦略基地を沖縄に伴ふ戦費は日本肩代り

芭蕉布を紡ぎ始めて五十年今八十の老婆は語る
（沖縄大宜味村、ＮＨＫを見て）

公害を垂れ流す企業と放任の役人が住むせまき日本に
（新潟水俣病、今なほ未解決）

パネラーの教授の一人反対すＴＰＰの日本びいきの
（ＢＳ、五月三十日放送、コロンビア大学より）

押しつけとＴＰＰを吾思ふ自動車売るなら米など買へと

ファッションが形くづれして見ゆるなりすでに体の線崩れをれば
（NHK、のどじまんにて）

検尿の結晶を指すドクターは水分補給強く促す

昨年の日記を見ては笑ふなり割りしタマゴを逃したとある

予報など当《あ》てになるかと洗濯し乾燥機にて乾かしてをり

古里の佐伯のアヂの開き焼くさすがに旨し頭も骨も

鰺開き飴色をして焼き上がる佐伯の魚の魂もらふ

不自由な右手頼りに生きをれば失敗多く又かと笑ふ

味噌汁の余りを昼に回さんと茶碗にもどしつ皆逃したり

今日の空鰯雲なり梅雨入りをおれは知らぬと言はんばかりに

ラクダから感染したと云ふ病気韓国に今危機感つのる
（二〇一五年六月四日）

戦中の軍国主義を知る吾はこの頃思ふ似て来た世相

流失を年金機構ひたかくすマイナンバーを吾は危惧する

梅雨空に雲一つなく日本晴五月晴とはこれを云ひしが

早朝にカーテン繰ればば山ねむり朝焼けひらけ雲棚びきし

行楽日その土地のもの新世帯の孫のみやげにたのしみて買ふ

国会で嘘答弁の多かれば歌番組も出涸しのお茶

われ〳〵の培ひ来たる底力世界の中の日本の平和

丘に建つ家並の上の夕空は茜色なりあすを占ふ

改憲を云ふや云はぬとこの時に朝のテレビは歌唄ひおり

そのあたり耳アカなるぞかき出せと孫にわれ云ふかたまりの出る

中国は株買ふ人の夛かりてその勢はニュースになりぬ

水色の太き一輪紫陽花がカウンターにて人を待ちをる

あとがき

一日一日、目の前のことそのまま歌ってきた。おかげ様で楽しい毎日だった。

ブランコを漕ぎ乍ら「残照」の夢の様な美しさに浸った。ブランコのあるこの裏庭は、大楠を中心にベンチがあり、真向ひにブランコがある。さらに道越しに日南線が南北に走り、鈍行の線路の音が心の中の原風景を呼び戻してくれる。最高の癒《いや》しを奏でてくれる。この最高の環境の中で心を遊ばせてゐるのです。

線路の音が聞えてくる前に踏切の警報。そしてやがてカタッコト、カタッコト……カタ……カタ……カタ……吟行に出掛ける必要もなく、カラス、鳩、トンボ、カマキリ等々そちらから集まってくれるのです。青空、白い雲、遠い山々、大楠の吐き出す酸素——これだけ条件の揃った所はさう多くない筈です。

いつもブランコは二人で乗って、身体中に虫よけスプレーを吹きかけ、何でも喋り一日のストレスを吐き出してゐるのです。いつもは戸田さんですが、文字にする時は「友」と言ってゐます。彼女は俳句を楽しんでゐますが、自然を歌ふところは共通点が多くて、助けてもらってゐます。改めて御礼申し上げます。

これからはノートに思ひを吐き出しながら、このやうな毎日をつづけて参ります。

二〇一五年八月

高畑　耕

［著者略歴］

高畑　耕（たかはた こう）

［本名：松下 成幸］

1928（昭和3）年　大分県に生まれる

1943（昭和18）年　延岡工業学校機械科卒

著　書：歌集『野牡丹』（2000 鉱脈社）

歌集 残照

二〇一五年十一月　五　日　初版印刷
二〇一五年十一月二十五日　初版発行

著　者　高畑　耕 ©

発行者　川口敦己

発行所　鉱脈社
〒八八〇 - 八五五一
宮崎市田代町二六三番地
電話　〇九八五 - 二五 - 一七五八
郵便振替　〇二〇七〇 - 七 - 二三六七

印刷　有限会社　鉱　脈　社
製本　日宝綜合製本株式会社

印刷・製本には万全の注意をしておりますが、万一落丁・乱丁本がありましたら、お買い上げの書店もしくは出版社にてお取り替えいたします。（送料は小社負担）

© Ko Takahata 2015